Un perro muy diferente

Dorothy Joan Harris

Ilustraciones
Kim LaFave

Traducción
Alberto Jiménez Rioja

L€CTORUM
PUBLICATIONS INC
a subsidiary of Scholastic Inc.
New York

UN PERRO MUY DIFERENTE

Published by arrangement with North Winds Press, a division of
Scholastic Canada Ltd.

For information regarding permission, write to Lectorum Publications, Inc.,
557 Broadway, New York, NY 10012.

The art style used in this book has evolved from the artist's oil and acrylic painting. Characters and compositions are created in pencil. Then large sketches are created and scanned into the computer, and color is added digitally using programs like Photoshop and Fractal Painter.

This book was typeset in 18 point Catull.

Printed and bound in Singapore

ISBN 1933032049

10 9 8 7 6 5 4 3 2 1

Library of Congress Cataloging-in-Publication data:

Harris, Dorothy Joan.
  [Very unusual dog. Spanish]
  Un perro muy diferente / Dorothy Joan Harris ; ilustraciones, Kim LaFave ; traducción,
Alberto Jiménez Rioja.
        p. cm.
    Summary: Jonathan's dog is unusual, not because it likes to watch television and eat
toast crumbs, but because it is invisible.
    ISBN 1-933032-04-9 (pbk.)
  [1. Imagination--Fiction. 2. Dog--Fiction. 3. Grandmothers--Fiction. 4. Spanish
language materials.] I. LaFave, Kim, ill. II. Jiménez Rioja, Alberto. III. Title.
PZ73.H3222 2006
[E]--dc22
                                                2006002174

Para Lisa y para John
– D.J.H.

Para Michael y Tanya
– K.L.

—¿Qué hacen esas migas de
tostada en la ventana? —pregunta
mamá.

—Las puse ahí —contesta Jonathan—;
son para mi perro.

—No tenemos perro —dice Elizabeth, que
tiene siete años y lo sabe todo.

—Yo sí —dice Jonathan—. Y le gustan las migas
de tostada.

—Eso es una tontería —responde Elizabeth—. Esas
migas se quedarán ahí durante días y días y atraerán
hormigas y verás qué asquito.

Pero a la mañana siguiente las migajas han
desaparecido.

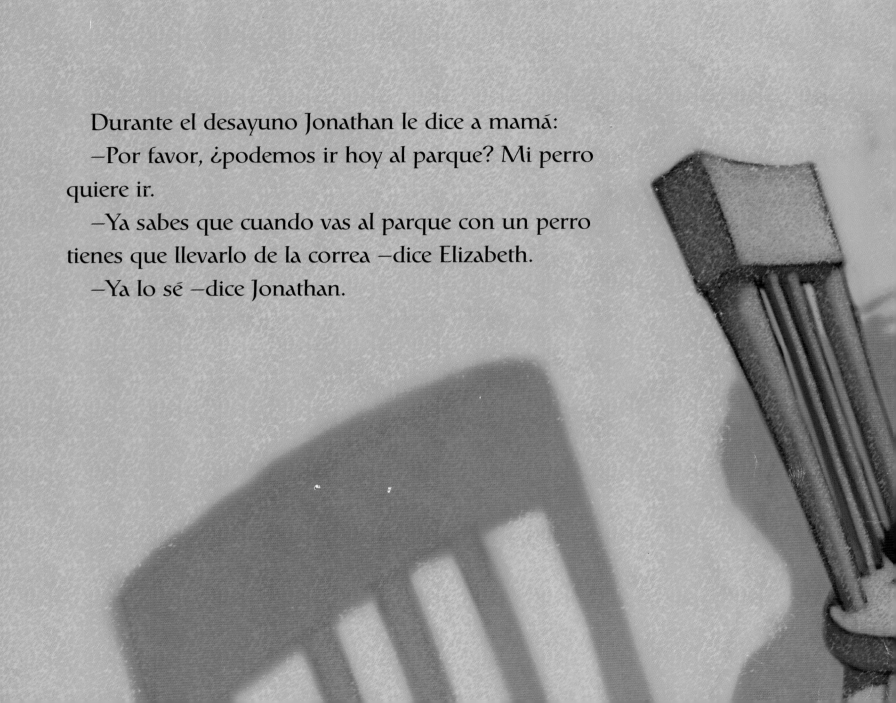

Durante el desayuno Jonathan le dice a mamá:

—Por favor, ¿podemos ir hoy al parque? Mi perro quiere ir.

—Ya sabes que cuando vas al parque con un perro tienes que llevarlo de la correa —dice Elizabeth.

—Ya lo sé —dice Jonathan.

Jonathan se pone la chaqueta y saca de uno de los bolsillos una larga cuerda con un pequeño collar en un extremo.

—¿Para qué es eso? —pregunta mamá.

—Es la correa de Perro —contesta Jonathan.

—¿Perro? —dice Elizabeth—. ¿Ni siquiera tiene un nombre como es debido?

—Sí. Se llama Perro —contesta Jonathan.

—Mira, si arrastras esa tontería detrás de ti, no voy a ir a tu lado —dice Elizabeth.

Así que Elizabeth va delante,
mamá detrás, y Jonathan y su
perro los últimos.

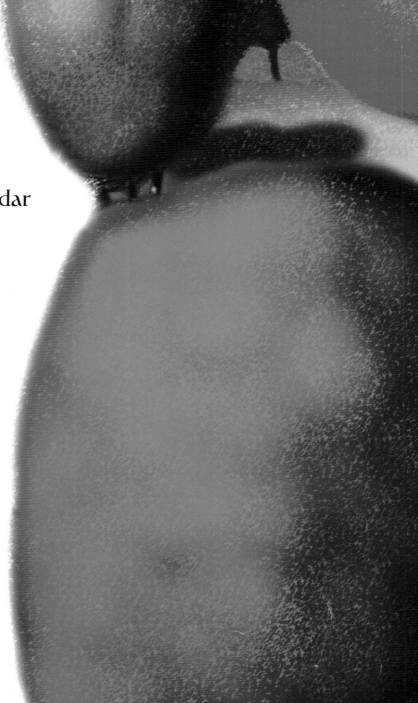

A Jonathan, cuando va al parque, le suelen gustar los columpios y el tobogán, pero hoy no hace más que andar de un lado para otro.

—¿No quieres ir al tobogán? —pregunta mamá.

—No. A Perro no le gustan los toboganes. Lo que le gusta es andar de un lado para otro.

—No necesitamos venir al parque para eso —contesta mamá.

Por la tarde, cuando Elizabeth
y Jonathan ven la televisión,
Jonathan se mueve a un lado en el
sofá para hacerle sitio a su perro.

—¡Los perros no se sientan en el
sofá! —lo regaña Elizabeth.

Así que Jonathan se acomoda en
el suelo con su perro junto a él.

Cuando llega la hora de dormir,
Jonathan dobla su suéter y lo coloca
en el suelo junto a la cama.

—¿Qué hace tu nuevo suéter
en el suelo? —pregunta mamá.

—Es para Perro. Le gusta
dormir junto a mí
—contesta Jonathan.

—Te lo va a llenar de
pelos —dice Elizabeth.

—No me importa
—contesta Jonathan.

Durante unos cuantos días Jonathan deja migajas en la ventana, pone su suéter junto a la cama y lleva la correa al parque. El domingo, día en que van a comer a casa de la abuela, Jonathan deja abierta la puerta del auto mucho rato.

—¿Qué haces? —pregunta Elizabeth.

—Dejo a Perro que suba al auto —contesta Jonathan.

—No quiero que se siente junto a mí —dice Elizabeth—. Huele... mal.

—Se sentará en el suelo, a mis pies —responde Jonathan.

Cuando llegan a casa de la abuela Elizabeth comenta:

—Jonathan es tonto. Cree que tiene un perro. Va a todas partes con él.

—Oh —dice la abuela—. ¿Qué clase de perro?

—Tiene el pelo muy suave y las orejas largas —contesta Jonathan—. Se llama Perro.

—No es un perro *de verdad*, claro —dice Elizabeth.

—Bueno... yo diría que es un spaniel —dice la abuela. Abre entonces un mueble y saca una fotografía en la que hay un perro de orejas largas sentado junto a un gato muy grande de pelo suave y esponjoso.

—¿Se parece a éste? —pregunta ella.

Jonathan estudia la foto.

—Sí, es igualito —responde—.
¿Era tu perro?

—No, era el perro que vivía en la casa
de al lado. La gata era mía —dice la
abuela—. Solía jugar mucho con el perro.
Era una gata diferente.

—¿Qué le sucedió? —pregunta Jonathan.

—Se puso muy vieja y murió —responde
la abuela.

—¿Por qué no tienes otro gato?
—pregunta Jonathan.

—No puedo. En este edificio no
permiten animales de compañía —le aclara
la abuela.

—¿La echas de menos?

—A veces.

Es muy tarde cuando se van de casa de la abuela. Jonathan se duerme en el auto, y papá lo lleva en brazos a la cama.

A la mañana siguiente Jonathan se come toda su tostada sin dejar ninguna migaja. Elizabeth se da cuenta.

—¿No vas a darle de comer al perro ese que tienes?

—No —responde Jonathan—. Se lo dejé a la abuela. Me parece que echaba de menos a su gata.

—No te creo —responde Elizabeth y se dirige al teléfono.

—¿Dejó Jonathan a Perro en tu casa? —le pregunta a la abuela.

—¿Perro? —responde la abuela.

—Sí, Jonathan dice que te dejó su perro porque te sentías sola —explica Elizabeth.

—Bueno... sí, me lo dejó
—responde la abuela—. Durmió
junto a mi cama toda la noche.
Pregúntale a Jonathan qué es lo que
a Perro le gusta comer.

Jonathan se acerca al teléfono.

—Lo que más le gusta son las migajas de tostada —le dice a la abuela.

—Lo tendré presente —contesta ella.

—Y le gusta salir a pasear. Yo lo llevaba de una correa.

—Lo recordaré también —responde la abuela.

—¿Y sabes qué, abuela? —añade Jonathan—.
Si quieres, hasta puedes llamarlo Gato. No le
importará. Es un perro muy diferente.